KB270665

군사 우편

황금알 시인선 73

군사 우편

초판인쇄일 | 2013년 7월 17일
초판발행일 | 2013년 7월 31일

지은이 | 구순희
펴낸곳 | 도서출판 황금알
펴낸이 | 金永馥
선정위원 | 마종기 · 유안진 · 이수익 · 문인수
주　간 | 김영탁
편집실장 | 조경숙
표지디자인 | 칼라박스
주　소 | 110-510 서울시 종로구 동숭동 201-14 청기와빌라2차 104호
물류센타(직송 · 반품) | 100-272 서울시 중구 필동2가 124-6 1F
전　화 | 02)2275-9171
팩　스 | 02)2275-9172
이메일 | tibet21@hanmail.net
홈페이지 | http://goldegg21.com
출판등록 | 2003년 03월 26일(제300-2003-230호)

값 8,000원

ISBN 978-89-97318-50-6-03810

군사 우편

구순희 시집

황금알

1999년 6월 22일, 햇볕이 모질게 등짝을 태우는 날이었다. 보충대 연병장에 모인 사람들은 모두 서럽게 울었다. 어머니, 누나, 여동생, 그리고 누구보다도 연인들이….

그러나 우리는 의지의 팀이었다. 당사자인 아들도 울지 않고, 부모인 우리도 울지 않고, 함께 간 친구들 10명도 눈물 한 방울 보이지 않았다. 참으로 당당하게 이별했다.

"어려운 일 있을 땐 거꾸로, 반대로 생각하면 다 해결돼."

나는 이 한 마디만 했다. 아들 앞에서 절대로 약한 모습을 보이기 싫었다. 큰일을 당하면 오히려 대담해지는 내 성격 탓이다.

집으로 돌아왔다. 무조건 허전했다. 아들이 이 폭염에 얼마나 고생할까 싶어 일부러 긴소매 옷만 입고 땀을 뻘뻘 흘렸다. 아무렇지도 않은 듯, 씩씩한 척했지만 아무 일도 손에 잡히지 않았다.

입대 다음날부터 뭔가 해야 할 것 같았다. 내가 할 일은 마음으로나마 아들 곁에 가 있는 것. 글로 쓸 수밖에 없었다. 거의 즉흥으로 썼다. 이튿날인 6월 23일에 쓴 시가 18편이나 되었다.

아들이 못견디게 보고 싶을 때마다 컴퓨터 앞에 앉았다. 50여 편의 시는 이렇게 해서 태어났다. 아들 덕분에 시집 1권이 생긴 것이다. 그러나 얼른 내지 못하고 묵힌 것은 아들이 어떻게 받아들일지 두려웠기 때문이다. 글로 표현하면서 감정 조절이 되지 않아 많이 망설인 것도 사실이다.

아들이 상병이 되어서의 일이다. 휴가 때 조심스럽게 이야기
했더니, 한 번도 이 시를 보지 않고 내 이야기만 듣던 아들은
의외로 출판하란다. 그 동안 휴가나 외박도 다녀갔던 터였다.

이 책은 아들이 입대하여 훈련병에서 이등병까지 가장 애타
는 순간을 읊은 시편들이다. 각 가정마다 일일이 위로의 서신
보내 준 군에 대해 많은 신뢰를 한 것도 숨길 수 없다.

아들이 머물렀던 ○○○보충대, ○○신병교육대, 자대인 ○
○○여단 등에 서면으로 출판 취지를 알리면서 군에서 보낸
편지를 싣게 해 달라고 요청한 결과 쾌히 허락해 주었다.
2000년 가을, 바쁜 중에도 기무사에 보고하느라 신경써 주신
대대장님, 중대장님들께 깊이 감사드린다.

지금도 명절 때나 연말연시엔 계속 고마운 편지가 오지만,
가장 애틋하게 와 닿는 처음의 편지만 공개한다. 솔직히 이러
한 친절한 편지로 인해 마음이 놓였다. 아들의 편지도 백일 휴
가 오기 전 것만 실었다.

군에 간 내 아들과 무수한 남의 귀한 아들들, 그 아들을 군대
에 보낸 부모형제, 연인, 친구, 친지, 친척들에게 이 책을 바치
고 싶다. 아들을 보호하고 씩씩하게 키워 준 부대는 평생 잊지
못할 것이다.

2001년 3월

구순희

| 『군사 우편』을 다시 내면서 |

시집을 6권이나 냈는데도 만나는 사람들마다
한결같이 『군사 우편』을 제일 먼저 말한다. 아들
군에 잘 있나요? 제대는 했나요? 언제 제대해
요? 이렇게 물어 온다. 그럴 때마다 나는 이 책
이 왜 이렇게 기억되는가를 잘 알게 되었다. 나
혼자만의 일이 아닌 누구나의 일이기 때문이다.
그런 공통분모 때문이다.

누구나 군에 가고 누구나 군에 보내야 한다. 아
들을 군대에 보내는 무수한 어머니들은 눈시울
을 붉힌다. 혼자서노 울고 여럿 앞에서노 서설로
누선이 터진다. 염려로 늘 추적추적 비가 내린
다. 왜 그럴까.

그 공감대를 다시 살리고 싶었다. 이 책이 절판
되어 볼 수 없었다는 분들의 제의에 의해 재출간
을 결심했다. 좋은 인연으로 만났는데 끝까지 함
께하지 못하고 출판에 대한 모든 권한을 양도해
준 제3의 문학, 쾌히 새로운 인연이 되어 준 황금
알에 고개 숙여 감사드린다.

2013년 7월
구순희

차 례

4부 이렇게 오랫동안 집에 못 가는데

1부

남자도 잠자리에서 운다

카운트다운
— 군사 우편 · 1

입대 3시간 전
바짝 당겨 쥔 시간의 고삐
시계는 혼자서 물구나무선다
태양이 제 살로 땅을 지지는 날
에어컨은 그 열기 식히느라
빙산의 일각을 쪼개다 지친다

배불리 먹으라고 간 뷔페에서
호박죽 두어 숟가락으로
청춘의 한때를 때운 뒤
점점 노랗게 삭아 내리는 얼굴
(6. 23. 수)

연병장
― 군사 우편 · 2

수혈받지 않아도 금세 푸른 피 돈다
길거리에서 아무렇게나 듣던 음악도
여기선 경쾌한 행진곡이다
어디서 저 많은 사람들이 몰려왔는지
조금 전까지만 해도 하얗게 비어 있던 땅에
모심기하듯 곳곳에 사람들을 심어 놓았다
끈끈한 피는 땡볕에도 흘러내리지 않고
질긴 동앗줄로 이어져 있다
헤어지는 시각만 안타깝게 재고 있다
그래도 숲은 여전히 푸른 숨만 내쉰다
(6. 23. 수)

남몰래 흐르지 않는 눈물
— 군사 우편 · 3

긴 머리의 여자가
연인의 어머니 앞에서 울고 있다
눈물은 금방 전염되어
마음껏 눈물을 퍼내고 있다
연병장 여기저기 조용한 울음 바다
이별은 오래 끌면 죄악이다

모두가 울고 있어서
울지 않는 내가 오히려 이상해서
얼른 대열 속으로 뛰어들라고 말했다
착하기 그지없는 너 또한
한 방울 눈물도 없이
무리 속으로 섞여들었다

우리는 약속이나 한 듯
아무도 울지 않았다

잠금 장치해 버린 눈물 속으로
걸어들어가면서

절대로 울지 않겠다고 맹세한
스스로를 대견해하면서
뒤도 돌아보지 않고
우리는 돌아섰고
너는 갔다

잘 참은 모정 하나 연병장을 빠져나왔다
(6. 23. 수)

화장실
— 군사 우편 · 4

집합 시각 오후 2시

연병장에 모이라고 소리치는데
네가 없다
초등학교 5학년 때 포경 수술을 하기 전
쉴새없이 드나들던 화장실

행여 달아난 건 아닌지…
반장 도맡아 하던 네가 그럴 리야
비약 잘 하는 내가 무색하게
한참 후 네가 나타났다

무슨 일 앞두고 화장실 찾는 버릇
내가 나를 보고 있다
(6. 23. 수)

날짜를 잊어먹다
— 군사 우편 · 5

너를 푸른 숲에 들여보낸 그날
점심 같이 먹고 따라갔던 네 친구들
돌아와서 간식까지 사주고
땀 질질 흘리며 나갔더니
기억력 하나는 팬티엄급이라고
큰소리쳤는데
다음날 모임을 그날인 줄 알고…
하나밖에 없는 아들 군대 보내
섭섭하지 않느냐고
울어서 눈이 붓지 않았느냐고
전화가 연신 와서
저 혼자 가는 군대 아니라고
건강한 남자라면 누구나 가는 거라고
남자는 군대 가야 사람 되는 거라고
그렇게 씩씩했는데
그런데 어느새 눈앞이 흐려
날짜 계산도 못 했다

(6. 23. 수)

추억 어지럽히기
— 군사 우편 · 6

아래위 속옷 상표와 칫수 다르다고
입지도 않고 주물럭주물럭
내내 고민이 많던 녀석
실과 시간에 여자애들 제치고
혼자서 바느질 점수 만점 받았던 녀석
빨래도 다린 듯 꼼꼼하게
널고 개던 녀석이

편지는 대충 감추고
찢을 건 찢고 하는 것
곁눈질로 보았으나
입대 전날 친구들 몰려왔다 간 뒤
겨우 정리하는 것 같더니
올 때까지 치우지 말고 그대로 두라고
시간이 없어서가 아니라
그것마저도 치워 버리기가 두려웠던지
얼마간의 미련을 놓고 갔다
일부러 어질러 놓고 가 버렸다

시집 가기 전
한 남자에게 가기 위해
추억이라는 서랍 뒤져
미진하던 과거 찢고 불태우며
온전하려 노력하는 예비 신부처럼
잔뜩 불은 지난날의 때 지우고
결혼식 이후부터 새로 태어나는 사람처럼
수줍은 듯 내숭떠는 여자처럼
너도 대강의 찌꺼기 치우고
다른 생의 책징 펼치러 하는가
(6. 23. 수)

입대, 그 다음날
— 군사 우편 · 7

새벽 5시
방문이 열려 있다
어김없이 문 꼭 닫고 자더니
아, 갔구나
이제 집에 안 오지
나 대신 깨워 주는 곳에 갔다
이불을 머리 끝까지 뒤집어쓰고
일어나지 않겠다고 기쓰던 거
안 봐서 좋다
짐 하나 덜었다

그런데 내 마음속에
기다림의 새로운 짐 하나
부려 놓고 갔다
(6. 23. 수)

동병상련
— 군사 우편 · 8

너
가쁜숨 몰아쉬며
연병장 돌고 있을 때

나
아침부터 에어로빅하느라
신나게 뛰었다

너, 이마에서 흐르는 땀
눈 못 뜨게 할 때

나, 운동으로 흘린 땀
닦을 생각조차 하지 않았다
(6. 23. 수)

남자도 잠자리에서 운다
— 군사 우편 · 9

네가 깔고 자던 요 홑청을 뜯었다
1백87센티미터의 헌칠한 키
침대 밖으로 빠져나온 발 보고
침대를 치워 버린 뒤
딱딱한 바닥
얇은 요 위에서 자야
허리가 펴진다고 해도
오래도록 정들었는지
황금빛 두툼한 그 요만 편하다 했다
직장 다니느라 큰댁에 떼어 놓고
일주일 만에 가면
자기 요이불은 죽어도 못 빨게 하던
그때가 생각나 그만두었다

겉장 뜯어 내고 속을 보니
빈 방 남겨 두고
몸만 달랑 빠져나간 널 닮았다
햇볕에 따갑게 말라 가는 지난 시간들
아뿔싸, 얼룩이 졌구나

여기저기 아무도 몰래 흘렸을 눈물이
말라붙어 있구나
지나가는 말 한 마디에도
금방 눈물 그렁그렁 고개 떨구곤 하더니
숨어서 몰래 베갯잇 적시다 못해
깔고 자는 요까지 적셨구나
눈물을 조금씩 감추었다가
잠자리에서 다 흘렸구나
(6. 23. 수)

또 다른 6월

— 군사 우편 · 10

6월은 6 · 25, 6 · 29 말고
아무것도 기록할 게 없다고 하는 사람
나와 봐, 6월은
증기 다리미처럼
칙칙 더운 김 내뿜는 6월은
어제 바짝 깎은 머리 모자로 푹 가리고
죄없이 눈치만 보며
식은땀 흘리는 6월은
전송하는 가족들마다 핏발선 눈에
쉴새없이 흐르는 눈물 잔치판
전날 밤 폭우에 뇌성벽력
하늘에서 난장판치다 못해
지상의 것들을 온통 흔들어 놓았다
인간이 섭섭하게 한 죄 다 용서해 달라
분노를 거두어 달라는 함성이 지나쳤는지
날새자 무쇠솥 달구듯
잔뜩 달아오른 6월은
사람도 풍경도 찜통이다
지나온 시간 묻고

제도권 안으로 들어가는 혈기들이
작별의 시간을 서두르고 있다

그런데 이날 이후
아무것도 기억할 게 없는 이 6월에
선택된 사람들은 속으로 울기만 한다
(6. 23. 수)

정든 그 향기

— 군사 우편 · 11

평생 물 주고 거름 줘야 할 텃밭이다
입대 전날까지 가꾼 머리
날마다 무스나 젤
바람 부는 쪽으론 고개도 돌리지 않았다
머리 쓰다듬으려 하면 질색하던 너는
삭발하는 날 울지나 않았는지
아무도 못 보게 머리 가린 채
생의 또 다른 관문으로 들어갔다
뒤돌아볼 틈도 없이
그 선 안으로 첫발 디뎠다
더 이상 아무것도 바르지 못하고
생것인 젊음의 향기와 악수하리라
(6. 23. 수)

누가 아프다
— 군사 우편 · 12

잔치 전날 절절 끓는 아랫목
4살 아래 네 동생 이마에 열꽃이 핀다
아픈 게 소원인 이 집 사람들인데
네 가자마자 몸살나 버렸다

찬수건 갈아대던 내가 지칠 때면
밤 꼬박 새우며 너는 안타까워했다
직장 나가는 엄마 대신 우유 먹여 주고
기저귀도 갈아 주고 그랬는데
여동생 이마 짚어 줄 너는 없다
자정이 지나도 2백85센티미터의 구두는
신발장 안에서 꼼짝도 않는다
(6. 23. 수)

밥때가 지났는데
— 군사 우편 · 13

남들이 산에 오른다고
혼자 산에 올랐다가
힘겹게 하산하는 한 할머니

등산화 옆구리로
비탈길 콕콕 찍으며 내려오는 걸
애처롭게 쳐다보는 인수재 처녀

배고프시겠어요
말 건네는 그녀에게
아침 먹었잖아

오후 2시에
밤을 건너온 해장국은
산중턱에서도 절절 끓고
때맞춰 막걸리도 거른다

모처럼 북한산에 올랐다가
하산길에 들른 막걸리집에서

그걸 지켜보다가
막걸리에 부드러운 두부를 먹다가
쿡쿡 웃던 나는
그만 가시에 걸린 듯 목이 메었다

너는 지금 점심이나
제대로 먹었는지
(6. 23. 수)

너를 보낸 후
— 군사 우편 · 14

받을 수 있을 만큼만
내가 담을 수 있을 만큼의
그리움이 있다면
그렇게 오라
비 오고 바람 부는 세상
추우면 심장의 불 꺼내
언 손 지피고
문지방 넘는 꿈도 꾸지만
넘치지 않게
견딜 수 있을 만큼만
(6. 23. 수)

행운목
— 군사 우편 · 15

창을 열면 보인다
수런거리는 바람의 뒷모습
한 쪽으로만 열어 놓은
들을 말 있는 귀 스치는 목소리
돌아보면 아무도 없다

너를 기다리기 위해 행운목을 샀다
희망은 물만 먹고도 잘 자랐다
행운을 향한 희망은 그러나
이파리가 무성해져 가는 만큼
행여 시들지나 않을까 두려웠으리라

시간은 잘도 흘러 너는 아득하다
어서 자라 꽃피우라고
방금 준 물 또 준다
(6. 23. 수)

2부

그곳을 향해 등을 밀었다

훈련 중
— 군사 우편 · 16

너, 찜통 더위 진땀 빼며 견딜 때
나, 사우나에서 죽어라고 땀 뺐다
숨막히는 연습이라도 해야
네게로 다가갈 수 있기에

너, 구보 도중 목말라 주저앉고 싶을 때
나, 냉동실의 얼음과자 연거푸 먹었다
그래도 더위는 가시지 않았다
네가 겪는 더위는 전혀 느껴지지 않고

참고 참다가 신중하게 저지른 거다
(6. 23. 수)

위문 편지
— 군사 우편 · 17

군대, 하면 위문 편지
넌 몇 통이나 받아 보았을까
국군 아저씨
얼굴도 모르는 이에게 쓰는 편지
꼭 답장해 주어라
난 매번 숙제는 꼬박꼬박 했는데
문장력 형편없는 애도 다 받는 답장
한 번도 받아 보지 못했다

나중에 어느 책에서 읽은 대로
명복을 빈다는 말 썼는지 안 썼는지
(6. 23. 수)

미끈거리는 그리움
— 군사 우편 · 18

입대 후 첫 일요일
늦잠 자도 괜찮은 곳인지
라면이나 칼국수, 수제비도 먹는지
밀가루 음식이나 미역국 좋아하던
널 생각하며 미역국 끓인다
미끌미끌한 게 자꾸 목에 걸린다
네 동생 낳고 미역국 먹을 때마다
제가 애 낳은 양 당연지사 비우더라
쇠고기 건더기가 국자에 걸리고
미역이 주르르 미끄럼탄다
네 동생은 손도 안 댄다
좀체 아프지 않던 애가
목이 부어 말도 못 하고

나 혼자 다 먹어야겠다
(6. 23. 수)

서재
— 군사 우편 · 19

그토록 갖고 싶던 서재가 생겼다
주인 허락도 없이 마음대로 들어와
책 읽고 음악 듣고 자기도 한다
알곡 추수한 시편들
몇 번이나 날려 보내고
손도 대지 않던 컴퓨터와 다시 논다
열어 놓은 창으로 그리운 얼굴 같은
북한산 인수봉을 눈으로 오른다

13층 꼭대기 방으로
해와 달과 별이 쏟아져 들어온다
복도로 가끔 사람들의
웃거나 짜증 섞인 목소리가 지나가지만
익숙한 네 발자국은 영 아니다
주인이 쫓아낼 때까지 종일 여기서 논다
(6. 24. 목)

피구
— 군사 우편 · 20

사슴의 죄없는 눈망울이 불안하다
풀 한 포기 없는 감옥을
벗어나고 싶은 사슴은
우리 안에서 슬픔을 키운다
뿔 가진 짐승의 슬픔은
그 뿔이 자신의 것이 아니라는 것
마취총 겨누는 사수를 피해
이리저리 코너로 몰리는 사슴들
자신이 쓰러지지 않기 위해
동료의 등뒤로 숨어도
언제 쓰러질지 모른다
떼구르르 굴러 오는 공 대신
소리없는 총이 사슴은 두려운 거다
절대로 마취되어선 안 된다
깨어나지 못하면 끝이다
좁은 감방 구석구석 돌다가
경악에 찬 오줌만 질질 흘린다
땅 속으로 스며들지 못한 분비물이
철조망 밖 애기똥풀 위로 튄다

사방연속무늬 벽지 보듯
샛노란 꽃잎을 오므려 버리는 꽃

너나 나나 날아오는 공
피하지 못해
쩔쩔매곤 했었다
(6. 24. 목)

땀폭포에서의 한때
— 군사 우편 · 21

등줄기에서
누가 허락도 없이
미끄럼탄다

쫓아내지도 못하고
함께 살자고 내버려 둔다

물 한 방울 마시지 않아도
몸 안의 물이 죄다 흘러나와
등줄기 타고 내린다
땀폭포

힘들어할 널 생각하며
두들겨맞는 등이 얼얼하다
(6. 25. 금)

그때를 생각하면
— 군사 우편 · 22

한 번은 견뎌야 할 여름이라면
어떻게든 견뎌야 하리라
혹한에 빈손으로
이사도 해 보지 않았느냐
멀쩡한 내 집
사채업자한테 넘겨 주고
사춘기의 서막을 눈물로 시작하여
이 악물고 견디지 않았더냐
아무도 눈치 못 채게
잘도 견딘 지난날이었다
3년 만에 다시 일어나서
그 집과 똑같은 집을 사기까지

빼앗긴 그 집 길 건너에 있다
꿋꿋이 일어선 걸 보여 주기 위해
한동네에서 이사도 가지 않고
보란 듯이 살고 있지 않느냐
(6. 25. 금)

식탁이 놓인 자리
— 군사 우편 · 23

네가 간 지 나흘째
오존주의보가 내렸다
마음에도 오존주의보가 내린다

아무 일도 손에 잡히지 않고
허전한 날이면
가구 옮기는 게 버릇이다
자리 하나로 가구도 사람처럼
죽거나 살아날 때가 있다

마음잡고 집안 쓸고 닦는 줄 알지만
바깥으로 나가려는 마음 묶어 두려고
어제 옮긴 가구를
오늘 또 다른 데로 옮긴다

오늘은 주인 없는 방에다
엉뚱하게도 식탁을 차린다
네 자리에도 평소처럼
수저를 놓았다가 도로 거둔다

한 귀퉁이가 완전히 허전하다

일용할 양식 차려놓고
일용할 허전함과 함께
또다시 수저를 들어야 한다
(6. 25. 금)

그곳을 향해 등을 밀었다
— 군사 우편 · 24

너 혼자 가는 군대냐
엄마가 억지로 떠밀었다고
아직도 원망하고 있느냐
휴학계 내고 돈 벌던 너를
대학 마치고 군대 가겠다던 너를
제때에 가라고 해서 속상하더냐
통장에 돈 불어나는 재미에
술자리 이야기꽃 피어나는 마당에
발이 쉬이 떨어지지 않더냐
하지만 계절이 두 번만 바뀌면
훌쩍 커서 집으로 돌아올 거야

용돈을 20만 원이나 주고 갔지만
네 동생은 한 푼도 쓰지 않고
오빠 오면 준다고 벼르고 있다
우리 모두는
염려로 네 등을 밀었지만
이젠 믿음으로 받아들인다
(6. 25. 금)

몸살난 시간
― 군사 우편 · 25

천사, 여우, 강력 본드
오동통한 내 너구리, 강아지…
별명이 10개도 넘는 네 동생이
고열에 처음으로 편도선이 부었다
너 입대 전날 네 방에서
새우처럼 웅크리고 잔 아이였다
깨우러 갔더니 그애 방이 비어 있었다
오누이가 밤새 도란도란
이야기꽃을 피우기에
네 식구 같이 자자 해도
네가 자지 않겠기에
안 오는 잠 억지로 청하고 일어나 보니
맨땅에 이불도 없이 눈만 붙였나 보다
학교 갔다 오더니 그만 아프다
잠시 이별이 몸을 상하게 한 것인지
내가 할 일 그애가 대신 하고 앓는다
사이가 너무 좋아 연인 같다는 네 동생
말없는 고통이 먼저 알고
네 빈 자리에 그애를 눕힌 것이다
(6. 25. 금)

빈 방 있습니다
— 군사 우편 · 26

주인을 잃어버린 방
유배지로 떠난 것도 아닌데
한여름에도 냉기가 돈다
언젠가는 돌아오겠지만
한참이나 혼자 있어야 할 방
손때 묻은 벽지며 책상
육신을 통째로 받아 주던 방바닥이며
그 옆에 나란히 누운 먼지며
어쩌다 침입한 날파리와 개미
창 밖의 구름과 비와 천둥도
다 버리고 떠나 버렸다
날마다 흘러나오던 음악도
더 이상 귀를 어지럽히지 않는다
겨울 옷이 가득한 옷장은 입다물고
한여름 옷도 얼마 못 가 버림받았다
밤 늦어 미안한 듯 문 여닫던 방
아무 때나 들어오라고 열어 놓아도
이젠 아무도 들어가지 않는다
(6. 27. 일)

화산
— 군사 우편 · 27

뭐든 잘 참는 착한 네가
아니다 싶으면 툭 불거졌다
언제 꺾일지 모르는
그 마음의 우듬지에도
꽃피고 새 울고 비바람쳤던가
아직도 동화 속 왕자처럼
작은 일에도 금방 얼굴 붉어져
네 마음 같지 않은 세상 향해
소용없는 종주먹 속으로 날리며
조금 서운하고 마땅찮다고
죽고 싶은 마음으로 고개 떨구던

6학년 때 친구들이
네게 지어 준 별명은 화산
지금은 휴화산인가
(6. 28. 월)

날아간 모자
— 군사 우편 · 28

퇴근길
버스가 동대문 로터리 돌 무렵
휘청 몸이 기울었다
바퀴 따라 흘러간 몸은
아무거나 붙잡으려고 허우적거리다가
허공만 휘저었다
그러다가 제자리로 돌아왔다
선 채로 의자 모서리를
당연한 듯 쥐고 있는 손
허공에서 돌아온 손은
바로 앞자리에 앉은
한 군인의 머리를 스치고 와서는
시치미 뚝 떼고 있었다
그 손은 로터리 한복판에다
그 남자의 머리를 날려 버렸다
열어 놓은 창으로 군인의 모자가
민간인의 손에 유린된
모자가 날아갔다
그 모자는 조금 전까지

한 청년의 머리를 감싸고 있다가
기세좋게 날아가 버린 것이다
모자도 제도를 벗어나고 싶었을까
미안하다고
모기 소리만큼 말했을 때
내 또래의 그는 화도 내지 않고
벌떡 일어나지도 않고
씩 웃으며 그냥 괜찮다고 했다
괜찮지 않을 텐데
투명한 그의 웃음을 뒤로하고
허겁지겁 집으로 돌아온 나는

지금도 군인 모자만 보면
가슴이 철렁!

낯선 그 군인처럼 너도 그랬을 것 같다
(6. 28. 월)

받들어 총
— 군사 우편 · 29

지금 펜 대신 총을 들고
컴퓨터 대신
콘서트
대신 게임방
당구장
대신 술
연극이나 영화
친구 대신
총 들고 구보, 군가…
가나다순으로 군사 용어 들춰 보면서
강남역, 대학로, 신촌, 용산 전자 상가, 인사동
네 발길 닿았던 곳 다 떠올려 보는데
잘 모르지만
지금은 받들어 총!
(6. 28. 월)

우체국 가는 길
― 군사 우편 · 30

입대할 때 차비하라고 나온 돈
대신 찾으러 가는 길
네 간 지 일주일 후
네 말대로
3천 원도 안 되는 돈 찾으러 간다
아직은 그 대열에 끼고 싶지 않았던지
한사코 찾지 않겠다고 버티던 너
등줄기에서 눈치없이 흘러내리는 땀
이 살인적인 더위에 널 보낸 게
미안해서
자꾸 미안해서
눈 찌르는 땀도 닦지 않고
(6. 28. 월)

3부

깨알 같은 글씨로

깨알 같은 글씨로

― 군사 우편 · 31

위 주소는 연락 불가

소포로 부친 옷과 함께
후닥닥 쓴 듯한 글씨가 들어 있다
잠시 머물렀던 보충대에서 쓴 편지
그쪽으로 편지하지 말라는 뜻
집결지라 곧 떠날 것이며
다른 곳에서 진짜 훈련받는다는 뜻
커다란 키에 글씨는 왜 이리 작담
나는 키는 작지만 글씨는 크게 쓴다
어릴 적 네 글씨 참 크고 반듯했는데
얼마나 살았다고 슬슬 변하는지
개미 기어가듯 아주 작아져 버렸다
작지만 꿈은 키만큼 큰 네가 숨어 있다
(6. 28. 월)

너무 빨리 왔다
― 군사 우편 · 32

네 떠난 지 일주일 후
소포가 왔다
아드님 군대 갔나 봐요
친절한 우체부 말에 고개만 끄덕끄덕
입고 갔던 옷 집으로 부쳐 보낸다더니
차마 풀지 못한 소포 뭉치

네가 오기 전에
너와 연관된 아무것도 오지 말았으면
무소식이 희소식이었으면
(6. 29. 화)

소포
— 군사 우편 · 33

비에 젖었는지
땀에 젖었는지
눈물에 젖었는지
하얀 티셔츠와 검은 바지가
다 젖었다
젖은 채로 왔다

생각지도 않은 운동화 한 켤레
물에 뛰어들 때
신 가지런히 벗어 놓고
저세상 가는 사람들이
문득 떠올라
얼른 세탁기 안에 감춰 버렸다

소포로 보낸 옷 보고
울지 않는 사람 없다고 하던 말
그 말 때문에 운다
꾹꾹 눌러 두었던 누선을 짓누른다
아무도 안 보니 실컷 울어도 되겠다

이 순간 누가 전화하지 말았으면

다행히 아무도 전화 안 한다
오늘은 마음놓고 울 권리가 있다
(6. 29. 화)

칼보다 무서운
— 군사 우편 · 34

등돌린 사람 바로 보게 하려면
편지를 써라

돈 떼어먹으려는 사람
주머니 열게 하려면

말로써 힘든 일
편지 1통이면
칼보다 더 강한 힘 생긴다

네게 조선 왕조 이씨 성 내려 준
뼈대 있는 집안이라고
자존심 빳빳이 세우는 네 아빠가
젊은 날 제자리 못 찾고 흔들릴 때
낯모르는 이에게 편지 써서
평생 직장에 취직시킨 적 있다
여자가 구해 준 직장이라고
얼마 못 가 박차고 나오더라만

직장 다니며 밤에 아르바이트했는데
악덕 업주는 원고료 차일피일 미루어
구구절절 편지를 썼더니
바로 돈 부쳐 주더라

힘들면 말하지 말고 편지 써라
속엣말 글로 표현하면
원수의 가슴까지 녹일 수 있다
(7. 3. 토)

군사 우편
— 군사 우편 · 35

우표 없이 배달된 편지 읽는다
연병장이 눈앞에 펼쳐진다
세월 저편에서 군사 우편 보내 오던
한 번도 보지 못한 얼굴들이 궁금하다

이제 네가 보내 오는 군사 우편
분홍 뺨 그때로 돌아간 듯
얼른 답장을 쓰지 못한다

네 이름 앞에 훈련병이라 씌어 있다
남 하는 것 다 하며 제대로 섞이는구나
군사 우편 속에서 날마다 달라지는
너를 만나고 있다

(7. 3. 토)

끈
— 군사 우편 · 36

헤어져 지내는 건
견딜 만하다

하루 지나면
열흘도 하루 같다

그러나 잊는 일은 더디다
영 더디다

평생 끊을 수 없는
그리움의 질긴 끈
(7. 4. 일)

백일 후에
— 군사 우편 · 37

기다려 달라고 말하지 않아도
그때를 알고 있다
달라진 너를 볼 그날을

기다리지 않을 거라고
반어법 쓰는 건 누굴 닮았구나

6주 훈련 끝내고 온다는 백일 휴가
편지마다 백일 후에 보잔다
아직은 마음은 집에 있는 여린 풀잎

백일 기도하는 마음으로
내 가슴 단단한 벽에
정으로 너를 쫀다
(7. 4. 일)

지워진 이름
— 군사 우편 · 38

건강보험 카드에서 네가 지워졌다

썰물인데, 아무렇지도 않다
구멍은 저절로 메워질 것이다
빈 자리만큼 점점 커 가는 구멍
속으로
보험료가 조금 줄었다

기분 좋은 일이다
(8. 1. 일)

오 오 오
― 군사 우편 · 39

동부간선도로도 지워지고
잠수교도 사라졌다
아무 형체도 알아볼 수 없게
진작 몸 숨겼다
승용차들은 물에서 자맥질하고
상가의 입간판만 물 위로 손을 흔든다
아랫도리 잠긴 건물과
그 안에 자리잡았던
한 치 앞도 못 보던 다정했던 이름들
화탕 지옥보다 더 뜨거운 물세례에
순식간에 비명 내지를 새도 없이
몸통 휘어진 야산의 내부와
꺾인 전봇대 따라 기우뚱 넘어졌다
나뒹구는 슬리퍼 주인은
빗속에 어디로 실려 갔는지
비옷도 속수무책인 채
혼자서 비 다 맞고 있다
해마다 되풀이되는 물난리에
바다에 닿았을 실종자들은

이름조차 확인할 길이 없다

일요일 아침 텔레비전에 나타난
파주나 문산 일대의 광경
군인 다섯이 흙더미에 깔렸다
일산은 바로 그 옆일 텐데
훈련 중인 너와는 연락이 안 된다
전화가 있어도 할 수가 없다
참아야지 하며
매운 고추 듬뿍 넣고 장떡을 부친다
오오오, 5:55
종일 애태우다 가까스로 전화 건다
살얼음판 디디듯 비 피해 없느냐고
네 이름 거론할 만큼 어리석지 않기에
조심조심, 거긴 괜찮으냐고
아무 일 없다고, 끄떡없다고
오오오, 5시 55분까지 넌 무사하구나
(8. 1. 일)

군복
— 군사 우편 · 40

어디서건 너를 만난다
얼룩무늬 옷만 눈에 들어온다
제복이 사람을 바꾸고
규제와 규율 속에서
사람은 다시 태어난다
제도 속에서
이 시대의 꿈을 키운다

오늘도 문 밖에서
너를 만난다

어디에도 너는 없다
(9. 1. 수)

다정한 한때
— 군사 우편 · 41

늦게 일어난 벌로
밥 제때 안 먹은 벌로
안방과 거실까지
제 방 청소는 물론
빨래와 설거지까지
두말없이 해내던 오누이가
사이좋게 빨래를 개고 있다
주름진 시간을 하나하나 펴서
새것으로 만들고 있다

빨래 더미 앞에
문득 네가 없다
(9. 1. 수)

4 부

이렇게 오랫동안 집에 못 가는데

보충대에서 온 편지
— 군사 우편 · 42

(보충대에서 3박 4일 일정을 무사히 마치고 푸른 제복을 입은 의젓한 사나이로 다시 태어나 국가의 일익을 담당하기 위해 신병교육대로 출발하였습니다.)

보충대 대대장님의 편지가 소포 꾸러미 속에 들어 있다. 친절하셔라. 우리 집은 서울 변두리 방학동인데, 가까운 곳인데, 차로 금방 갈 수 있는데, 드라이브 가며 네 있는 데라고 일행에게 이야기했는데, 너는 떠난다. 낯선 데서 먹고 자고, 집에 오고 싶어도 못 오고, 날마다 울리던 휴대폰도 친구에게 넘기고 다른 데로 간다. 집 떠나서도 무사했구나.

(8. 1. 일)

금지 구역
— 군사 우편 · 43

　(신세대 장병들의 인내심을 길러 정예 장병을 육성하고 부모님들의 경제적 부담을 덜어 주고자 입대 후 100일 동안 면회는 물론 외출, 외박이 모두 금지되고, 입대 100일이 지나면 4박 5일 간의 위로 휴가가 실시되겠습니다.)

　백일 동안 기다려야 너를 볼 수 있다면, 만나지도 못하고 같이 밥도 못 먹고 웃는지 우는지도 모른다면, 지척의 하늘 아래에서 참는 법 배워야 한다면, 우리는 각각 금지 구역에 사는 거다.
　(8. 1. 일)

후회는 항상 늦게 온다
— 군사 우편 · 44

(집에 있을 때 잘할 걸 하는 생각이 들어요.)

겨우 사흘 떨어져 지낸 입에서 그런 말 나오다니. 후회는 늘 한 발 늦게 오는 법이지. 절대로 앞서지 않아. 수수방관하다가 뒤통수 맞는 거다. 살면서 억장 무너지는 일. 캄캄한 굴 속에서 희망보다는 절망과 조우하는 일도 있다. 누구나 떠난 자리가 더 크다. 떠나와 보면 안다. 있을 때 잘해. 누구나 그런 말 한다. 나도 그런다. 높은 산 오를 때처럼 쉬지 말고 가다 보면 어느새 정상이다. 집에 있을 대 잘해 주지 못해 미안하단 말도 못 하겠다. 내가 한 말 네가 먼저 하는 것도 잘 안다. 팥쥐 엄마 뺨치는 리얼한 연기로 널 울린 것도 다 기억한다. 더 강해지라고 한 말이 비수로 꽂혔다는 것도 알고 있다. 이제 뭐든 아끼기로 한다.

(8. 1. 일)

말하지 말기
― 군사 우편 · 45

(귀 자제의 성장 과정이나 건강 상태, 가정의 애로 사항, 기타 중대장에게 조언하여 주시면 귀 자제를 지도하는데 도움이 되리라 믿고 많은 성원 부탁드립니다.)

하고 싶은 말 있어도 안 한다. 밥 잘 먹고 잘 자면 돼. 믿고 맡긴 곳인데, 한 사람이 한 마디 하면 그 많은 말 감당할까. 애들이 입학할 때마다 자기 아이 어떻게 하고 있느냐고 선생님 귀찮게 하는 걸 알고 뻔한 말은 절대 안 하기로 했다. 네가 내리 반장에다 회장을 해도 나서지 않고 숨어서 일했다. 선생님 몰래 교실 커튼 빨아서 걸기, 비품 장만하기 등등. 목마를 때 물 주고 비 올 때 우산 되는 사람이라고, 학년 말에 여러 사람 앞에서 과찬해 주신 것도 과분했다. 그렇게 봐 주시는 분이 사는 이 세상이 좋다. 아무 일 없을 것이다. 신병교육대에서 온 편지는 이제 보니 비단 같다.
　(8. 1. 일)

천국은 사라졌다
— 군사 우편 · 46

(여기 오기는 금요일에 왔지만 입소식은 오늘이기 때
문에 오늘부터 6주이고, 정식 훈련도 아직 안 했지만 보
충대는 천국이었다는 생각이 들어요. 그 동안 얼마나 나
약했었는지…)

하루 지내고 벌써 지옥을 보았다니. 앞으로 남은 시간
어찌하려고. 매도 먼저 맞으랬어. 예방 주사 안 맞겠다
고 맨나중까지 빼던 애들도 결국 다 맞게 돼. 맞지 않고
두려움에 떠는 그 고통보다 얼른 맞고 아픈 게 더 낫다.
정신적 고통보다 육체적 고통이 덜 고통스러울 때도 있
는 거야. 더 강도 높은 훈련을 생각하고, 네게 서운했던
사람들 생각하고, 죽고 싶었을 때를 생각해라.
(8. 1. 일)

사라진 편지
— 군사 우편 · 47

(집은 어떤지 궁금해요. 무슨 일이라도 있는 건 아닌
지. 답장이 안 왔기 때문에…)

　3통씩이나 보낸 편지를 받지 못했구나. 식구들 각자 1
통씩 써서 부친 지 한참인데 어디로 사라졌을까. 몇 장
이나 찢곤 하다 겨우 써서 부친 편지. 왜 그리 설레던지.
편지 주고받은 지가 까마득해서일까. 생일이나 크리스
마스나 부탁, 꾸중… 그럴 때 주로 편지를 썼으니까. 이
제 편지 오면 바로 답장해야겠다.
　(8. 1. 일)

세상은 잘 돌아가고 있다
― 군사 우편 · 48

(거기 버스나 전철 다녀? 내가 없으면 그런 거 안 다녀
야 되는데. 텔레비전도 잘 나오겠지? 그리고 우체부 아
저씨도 잘 다니겠지? 양파 3집 나왔다며? 궁금한 게 정
말 많다. 인기 가요 순위도 궁금하고, 신문에는 또 뭐가
실리는지도 궁금하고. 그렇다. 신창원이 잡혔다며? 암튼
나가면 하고 싶은 게 너무 많아.)

1992년 10월 17일 오후 6시. 경기도 광주 가는 길. 갈
마 터널 지나자마자 내리막길, 승합차 뒤에서 촤르르 파
도 소리가 났다. 조수석에 타도 한 번도 존 일이 없었는
데, 그날은 거짓말처럼 졸음이 쏟아졌다. 처음으로 졸았
다. 너희 둘 낳을 때도 졸음을 견디기 힘든 것도 통증만
큼이나 큰 고통이었다. 운전하는 사람한테 결례가 될까
봐 아무리 허벅지를 꼬집어도 졸음은 물밀 듯이 밀려왔
다. 그때 얼핏 웬 여자가 꿈인 듯 생시인 듯 뭐라고 했
다. 그리고 꽈당! 낭만적인 사고였다. 나중에 누군가에
게 들었는데, 거기 처녀 귀신이 있어서 꼭 그렇게 사고
를 낸다는 끔찍한 소리. 주유소가 있고 횡단 보도도 있
었다. 무거운 짐 가득 실은 화물차 운전사는 스물을 갓

넘긴 청년. 그날은 결혼 기념일. 직장 다니랴, 네 아빠 입원한 병원 드나들며 간호하랴, 너희 보살피랴, 아르바이트하랴 정신없었다. 환자인 나는 보호자가 될 수밖에 없었다. 그때 알았다. 우리가 자칫했으면 죽었을 수도 있는 그 교통 사고 때나 그 후에도 세상은 조금도 달라지지 않았다. 너 없는 이곳도 멈추지 않고 너무 잘 돌아가고 있다. 이것이 세상이다. 동생에게 보낸 편지에 그때의 내 심정이 다 담겨 있다.

(8. 1. 일)

이렇게 오랫동안 집에 못 가는데
— 군사 우편 · 49

(입대하기 전에는 아침에 나갔다가 늦게 들어갔었죠.
왜 그랬나 싶어요. 집에 더 있어야 되는 건데. 이렇게 오
랫동안 집에 못 가는데. 저는 항상 후회뿐이죠.)

속을 치받아 오르고, 목울대 건드리고, 실없이 누선을
누르려 한다. 아무렇지도 않은 듯 발로 꽉 밟아 버린다.
감상 아닌 감정도 자제하기로 한다. 이렇게 오랫동안…
집 떠나 도회지 생활에 잘 다림질한 옷 구겨지던 때처럼
구겨지던, 덜 마른 빨래처럼 축축한 날들이 있었다. 오
랫동안 집에 가지 못해서 남쪽으로 흐르던 구름만 바라
보던 때가 있었다. 내 집 떠나 새로운 가지에 집 짓고 또
다른 구조가 날 묶어 버렸다. 훨훨 날 수가 없었다. 나,
오래도록 살던 옛집처럼 여기가 내 집인데, 너도 거기가
네 집이다. 지금 머문 그 자리. 네게 밥 주고 옷 주고 재
워 주고 월급까지 주는 그곳. 집은 멀리 있지 않고, 집은
아득하지 않다. 그렇게 너 오랫동안 집에 못 오는데…
　(8. 1. 일)

아무거나 잘 먹어요
― 군사 우편 · 50

(여기 밥, 예상외로 먹을 만해요. 맛있는 편. 하지만
집에서 한 밥이 너무 먹고 싶어요. 여기 밥은 푸석푸석
한 게 윤기가 없거든요. 처음에는 며칠 밥 못 먹는 애도
있었어요. 하지만 전 그런 거 상관없죠. 제 식성 아시
죠?)

어릴 때, 삼겹살 구워 먹다 식어 기름이 굳으면 네가
다 처치했다. 고기 먹다 버릴 염려 전혀 없었다. 아무거
나 잘 먹고 수화도 잘 시키더니, 고등학생 되어서는 별
보고 학교 다니느라 밥보다 별을 더 많이 먹어서 그런지
조금씩 좋고 싫은 음식 구분짓더니, 그러다 야단도 맞더
니… 군대 가 봐라. 편식하다간 굶어 죽어. 사람은 뭐든
잘 먹어야 해. 나 봐라. 아무거나 잘 먹으니 아프지도 않
잖아. 사흘 밤 꼬박 새워도 할일 다 하잖아. 다행이다.
주는 대로 달디달게 먹어라. 어른들 말에 싫어요, 아녜
요 소리 한번 안 하고 자란 착한 너기에 잘 해낼 거야.
우리 식구 식성 하나는 알아주지 않느냐. 파이팅!
  (8. 1. 일)

완벽한 휴가
― 군사 우편 · 51

(낮에도 전화했었는데, 휴대폰도 받지 않고 해서…)

아무도 없는 집에 전화했었구나. 강원도 화악산 계곡에 발 담그고, 수박 쪼개 먹고, 김치전까지 부쳐 먹고, 삼계탕에 구운 감자에 포식하고 있을 때… 네가 전화할 줄 알았으면 피서도 취소하는 건데 괜히 미안하다. 세 집 식구가 산장에서 사흘 지냈다. 그 집 6남매, 딸 다섯에 막내로 아들 하나인 집. 11살에서부터 쪼르르 3살까지 고만고만한 애들이 주렁주렁했다. 〈사운드 오브 뮤직〉을 연상케 하는 6남매 공화국에선 맏이가 선생이었어. 그애의 꿈도 당연히 교사. 아무도 거역하지 않았어. 생기는 대로 다 낳고 싶던 내 꿈을 거기서 보는 듯했지. 애를 워낙 좋아하는 나와 네 동생은 사흘 동안 그애들과 놀고. 애들이 물놀이하고 벗어 놓은 수영복이랑 평상복을 다 빨아 널어 마르면 개켜 놓곤 했지. 그런데 너랑 통화하면서도 우리끼리 놀러갔단 말 끝까지 하지 못했어. 그곳은 진짜 이동 전화 불통 지역이었다.
　(9. 1. 수)

태권도
— 군사 우편 · 52

(태권도 품증 좀 찾아 주세요. 그거 가지고 국기원 가
서 단증으로 바꿔서 좀 보내 주세요. 5천 원 정도 들 거
래요. 단증이 있어야 편하대요. 품증도 단증으로 바꿔
준다는 소릴 들어서… 5학년 때 태권도 다닌 게 정말 다
행이네요.)

네가 다녔던 태권도 학원이 건재하기에 전화로 물어
보았더니 본인이 가야 한다더군. 군대에서 태권도 하라
면 해야 하는데 왜 안 하려고 하는지. 초등학교 5학년 때
갑자기 엉덩이가 씰룩씰룩해져서 태권도 시켰더니, 얌
전하던 네가 얼굴 붉혀 가며 시키는 대로 따라하던 모습
이 눈에 선해. 품증에 들어 있는 착한 얼굴. 어느새 늠름
한 군인이 되었구나.
　(9. 1. 수)

우표 없이 오는 편지
— 군사 우편 · 53

(지금 20분 안에 군사 우편 보낸다고 해서 부랴부랴 쓰는 거다. 20분 넘으면 우표 붙여야 하거든. 집에만 군사 우편 보내 준다. 편지지도 다 쓰고 없어서 공책 찢어서 쓰는데, 불만 있냐?)

집에만 군사 우편 보내 준다는 사실 처음 알았다. 우표를 붙이려면 침 아닌 눈물로 부치는 사람 있겠기에 우표 없이 공짜로 부쳐 주는 걸까. 아무 때나 쓰고 싶을 때 쓰라고 그러는 걸까. 미납도 아닌데 우표 없이 편지가 오는 집. 네 동생에게 부친 편지 보고 알았지.

(9. 1. 수)

이등병
― 군사 우편 · 54

(귀 자제분은 지금까지 국방의 방패라는 막중한 사명
을 다하기 위해 이곳 신병교육대대에서 6주간의 신병 교
육 과정을 마치고 1999년 월 일 육군의 이등병으로서 제
○○○○부대에 배치되어 생활하게 됩니다.)

훈련병에서 이등병! 이제 뭐든지 할 수 있는 사람이 되
었다. 무덥던 그 여름 다 넘기고 선선한 가을이 옷깃 여
미게 하듯 어려운 일 다 해내고 성큼성큼 걸어오는 모습
보인다. 사는 것, 별것 아니다. 남 하는 대로 하면 된다.
남이 안 하는 것도 정당하다고 판단되면 사람으로서 못
할 게 뭐람. 축하한다, 이등병!
　(9. 1. 수)

5부

편지(보충대, 신병교육대대, 자대)

보충대대장님의 편지

부모님 귀하

사랑하는 자제를 훌륭하게 성장시켜 국토 방위의 역군으로 보내 주신 귀하의 아낌없는 성원에 감사드립니다.

사랑스런 귀하의 자제는 이 나라를 지키는 국방력 강화의 초석이 되기 위해 ○○○보충대대에서의 3박 4일 일정을 무사히 마치고 푸른 제복을 입은 의젓한 사나이로 다시 태어나 신병교육대로 출발하였습니다.

그리고 장정의 부대 분류간 공정성과 투명성을 보장하기 위하여 입대 장정 및 분류 참관을 희망하는 가족들이 지켜보는 가운데 장정 대표가 직접 컴퓨터를 통하여 공정하게 전산으로 분류하였음을 알려 드립니다.

귀하의 자제는 신병교육대에서 6주간의 교육을 받게 되며, 이후 자대로 배치됩니다. 오늘날 병사들의 병영 생활은 과거 부모님들께서 생활하셨던 시절과는 달리 병사들의 애로 사항을 수렴하여 가정처럼 편안하게 화기애애한 군 생활을 할 수 있도록 현대화된 병영 생활과 양질의 보급품 및 급식을 하고 있습니다.

또한 신세대 장병들의 인내심을 길러 정예 장병을 육성하고, 부모님들의 경제적 부담을 덜어 주고자 입대 후

100일 동안 면회는 물론 외출·외박이 모두 금지되고, 입대 100일이 지나면 4박 5일간의 위로 휴가가 실시되겠습니다.

　끝으로 군을 위해 끝없는 격려와 성원을 부탁드리면서 귀댁의 안녕과 발전을 기원합니다.

199 . . .

제 ○ ○ ○ 보충대대장

중대장님의 편지

부형님께!

댁네 두루 안녕하십니까? 저는 교육 기간 동안 귀 자제의 제반 문제를 책임지는 중대장입니다.

부모님의 귀하고 훌륭한 자제를 맡아 교육하게 된 것을 무한한 영광으로 생각하며 직접 찾아뵙고 인사드리지 못해 죄송스럽게 생각합니다.

먼저 귀 자제는 몸 건강히 주어진 시간을 알차게 보내고 있으며, 하루하루 다르게 부형님께서 생각하시는 이상으로 멋진 대한의 남아로 성장하고 있습니다.

부모님!

자제분을 군에 보내 놓고 무척 노심초사하시리라 믿지만 이제는 우리 군도 국민에 부응하는 멋진 군대로 뿌리내려지고 있습니다.

귀 자제가 아무 사고 없이 소정 교육을 완수하여 대한민국의 멋진 군인, 훌륭한 사회 역군이 될 수 있도록 최선을 다하여 지도하고 있습니다.

귀 자제의 성장 과정이나 건강 상태, 가정의 애로 사항, 기타 사항을 중대장에게 조언하여 주시면 귀 자제를 지도하는 데 도움이 되리라 믿고 많은 성원 부탁드립니다.

　입대 후 특기 분류 및 부대 배치는 신병 대표 참관하에 컴퓨터에 의한 전산 분류로 공명정대하게 실시되고 있으며, 설사 좋은 부대로 배치된 경우에도 누구의 힘에 의해 분류된 것이 아니므로 사기꾼의 유혹에 현혹되지 않도록 유의하시기 바랍니다.

　만약 청탁 유혹을 받았을 때나 자제와 관련된 사고를 빙자하여 금품을 요구하는 일을 접하게 되면 당황하지 마시고 피해를 보는 일이 없도록 아래 전화번호로 연락하여 주시면 확인하여 드리도록 하겠습니다.

　그럼 가정의 행운과 건강, 그리고 하시는 모든 일에 신의 은총이 있기를 전 중대원과 더불어 기원하며, 같이 생각하고 행동하는 중대장이 되도록 최선을 다하겠습니다.

○○부대 신병교육 중대장

대위 ○○○ 배상

신병교육대대장님의 편지

부모님께

안녕하십니까?

저는 귀하의 자제를 훈련시키고 있는 ○○부대 신병교육대대장입니다.

저의 부대는 신성한 국방 의무를 수행하기 위하여 입대한 귀댁의 자제분을 믿음직스럽고 훌륭한 대한의 아들로 양성하기 위하여 최선을 다하여 지도하고 있습니다.

귀 자제분은 지금까지 '국방의 방패'라는 막중한 사명을 다하기 위해 이곳 신병교육대대에서 6주간의 신병 교육 과정을 마치고 1999년 월 일 육군의 이등병으로서 제 ○○○○부대로 배치되어 생활하게 됩니다.

저희 육군은 강한 장병 육성(신병 군인 만들기)의 일환으로 입대 병사를 최소 100일간 외부와 차단시키고 있으며, 이에 따라 신병 교육 수료 후 실시하던 면회 제도를 1998년 1월 1일부터 폐지하였습니다. 따라서 100일 이내 면회, 외출(박), 휴가 등 외부 접촉이 금지되고, 입대 후 100일이 지난 후 4박 5일간의 위로 휴가를 시행하며, 입대시 착용한 사복은 위로 휴가시 본인이 지참, 출발토록 할 예정입니다.

또한 자제와 관련한 사고를 빙자하여 금품을 요구하는 경우를 접하게 되면 당황하지 마시고 부대로 확인하시어 피해를 보는 일이 없도록 아래 전화번호로 연락하여 주시면 확인하여 드리겠습니다.

우리 ○○부대 전 장병은 댁의 소중한 자제를 훌륭한 군인으로 다시 태어날 수 있도록 온갖 정성과 열의를 다하여 지도하겠습니다.

앞으로도 계속 많은 협조와 격려를 부탁드리며, 귀댁의 앞날에 항상 행복이 가득하시길 기원합니다.

안녕히 계십시오.

199 . . .

○○부대 신병교육대대장

중령 ○○○ 배상

자대 중대장님의 편지

부모님께

안녕하십니까?

먼저 찾아뵙고 인사 올리지 못하고 서신으로 인사드리게 되어 죄송스럽게 생각합니다.

저는 귀댁의 아들이 건전하고 건강하게 군복무에 충실할 수 있도록 책임지고 있는 중대장 ○○○ 대위입니다.

저는 부대의 임무인 해안 경계와 부대원이 내 집 같은 편안한 생활을 할 수 있도록 복지 향상을 위해 노력하느라 바쁜 나날을 보내고 있습니다.

중대장으로 취임 후 지금까지 느낀 부대의 분위기는 자유스러우면서도 군인으로서의 행동에 충실하려는 병사들과 또 부하들을 친동생처럼 아끼고 사랑해 주는 소대장들과 하사관들, 매사에 합리적으로 지휘하시는 대대장님, 참으로 군복무에 좋은 여건을 갖춘 부대라는 생각이 듭니다.

가족적인 전우애, 명랑하고 편안한 내무 생활, 충분한 여가 시간을 주어 개인의 취미 생활을 보장해 주고 있으며, 지속적인 충·효·예 교육을 통해 부모님의 은혜에 감사할 줄 알고, 서로 사랑하며 조금씩 양보하는 미덕을

길러 사회에 나아가 올바른 인격체로서 살아갈 수 있도
록 교육하고 있습니다.

　이렇게 서신을 띄우게 된 것은 다름이 아니라, 근간에
군인을 대상으로 허위 송금 요청이 늘어나고 있다고 합
니다. 부대 장비 물품 파손을 빙자한 변상금 요청, 대민
충동 및 구타 사고로 인한 치료비 명목 등 다양한 방법
으로 허위 송금 요청 행위가 늘어나고 있습니다.
　이는 병사들이 대다수 용돈, 유흥비 등을 마련하기 위
해 허위 송금 요청을 하는 경우가 많습니다. 또한 자제
분과 같이 근무하는 사람이라며 자제분이 곤경에 빠져
있으니 해결하기 위해 금전을 요구하는 방법으로 사기
를 당하는 피해도 빈번히 발생하고 있습니다.
　자제분이나 자제분을 핑계로 다른 사람이 송금 요청을
할 경우 절대로 믿거나 속지 마시고 부대로 연락을 주시
기 바랍니다.
　또한 다가오는 선거철을 맞이하여 각종 정치 집회 및
정치인들과의 접촉이 많은데, 귀 자제가 그런 장소에 참
가하거나 정치인들을 만나지 않도록 휴가나 외박시 각

별히 신경을 써 주시기 바랍니다.

이는 현 우리 군 저변에 깔려 있는 잘못된 관행과 악습을 타파하고 선진화된 병영 문화를 만들기 위한 중대장으로서의 의지입니다. 따라서 귀 자제가 더욱 열심히 복무할 수 있도록 지도하기 위해서는 부모님의 많은 관심과 도움이 필요합니다.

저를 비롯한 중대 전 간부들이 한마음 한뜻으로 중대원의 편안하고 활기찬 군생활을 위해 노력하고 있으며, 그 결과 무사고 300일 달성을 이룩하였고 400일, 500일을 위해 끊임없이 노력하고 있습니다.

그러니 자제분들에 대한 염려 놓으시고 신성한 국방의 의무를 충실히 임하고 있는 ○○○군에게 많은 격려를 보내 주시면 고맙겠습니다.

항상 건강하시고 가정에 행운이 깃드시길 기도드립니다. 안녕히 계십시오.

1999년 11월 8일
중대장 대위 ○○○ 올림

아들의 편지 1

여기는 아직 ○○○보충대인데요. 지금까지 한 일은 신체 검사, 군복·군화 등 받은 거, 그리고 먹고 자고 하는 일. 훈련도 없고 그래요. 한 가지 싫은 건 비가 와서 찝찝하다는 것. 옷을 소포로 보내지 않는다고 알고 있었는데 소포로 보낸다니… 옷이 많이 더러울 거예요. 비옷이 있는데, 차라리 비옷 입고 싶지 않을 정도로 깨끗해요.(중략)

저 군대 오니까 기분 어떠세요? 좋죠? 특히 은지가 좋을 것 같은데. 아직 군대 왔다는 게 실감이 안 나요. 그냥 어디 잠깐 온 것 같아요.

은지야, 내 지갑에 2만 원인가 있는 것 너 가져라. 고맙지?(중략)

오늘은 3일째. 오늘 군복 입었는데… 아무런 느낌 없음. 워커가 착용감이 좋고, 옷입기가 번거롭다는 것. 다른 말은 할 거 없고, 100일 후에 봬요.

집에 있을 때 더 잘할 걸 하는 생각이 들어요.

아들의 편지 2

벌써 두 번째 편지네요. 옷은 정말 안 보냈으면 했는데…

1999년 6월 28일 월요일인 오늘 입소식을 했어요. 여기 오기는 금요일에 왔지만 입소식은 오늘이기 때문에 오늘부터 6주이고요, 정식 훈련도 아직 안 했지만 보충대는 천국이었다는 생각이 들어요. 그 동안 얼마나 나약했었는지 느꼈어요.

앞으로 6주. 정말 궁금하지만 잘 해낼 겁니다,라고 자신 있게 말하고 싶지만, 그렇게 됐으면 좋겠다는 거지요. 지금은 약간은 적응이 됐는지 처음 왔을 때보다는 지내기가 좋아요.

근데, 정말 웃겨요. 집에서는 말도 잘 안 하던 게 군대 오더니 이렇게 줄줄이 편지도 쓰고. 저도 이렇게 될 줄은 몰랐는데, 해외 나가면 애국자 된다는 말이 실감도 나고.

걱정 같은 건 하지 마세요. 하래도 안 하시죠? 뻥이고. 100일 후에 뵐 때까지 잘 계세요.

시간이 없어요. 그만…

아들의 편지 3

편지를 또 쓰네요. 그만큼 여유가 있다는 소리? 맞아요. 정말 놀랍도록 잘 적응하고 있어요. 처음에 일주일만에 눈 똥을 지금은 거의 매일 누니까.

오늘은 3주째 마지막이 되는 토요일이네요. 아까 대청소하고, 옆에선 머리 깎고. 한가한 시간이에요.

인제 3주 지났는데 언제 바깥에 있었나 하는 느낌이 들어요. 아픈 데도 없고 밥도 진짜 많이 먹어요. 딴 애들이 저 밥먹는 것 보면 놀랄 정도? 간식도 심심찮게 잘 나와요. 김밥, 아이스크림, 우유, 초코파이, 콜라, 컵라면.

그리고 저 살 새카맣게 탄 거… 집은 어떤지 궁금해요. 저는 잘 지내고 있어요. 전우(?)도 많이 사귀고.(중략)

서울 많이 덥죠? 훈련 때 그렇게 덥지도 않아요. 샤워도 하루에 두세 번 이상은 꼭 하고. 집에 있을 때보다 더 깨끗하게 지내는 것 같아요. 100일 휴가 나가는 날까지 안녕히 계세요.

1999. 7. 17.

은지!

오빠다. 지금쯤 방학인가? 핑계 같겠지만 내 위에 형이나 누나가 있었으면 난 더 잘 했을 거야. 바로 위에서 하는 걸 간접으로 겪으니까. 넌 겪었으니까 잘 하리라 믿는다.

여기선 잘 지내고 있다. 훈련 기간 절반 지났는데, 이제는 노래도 틀어 주고 해서 전보다 편해. 근데 살이 까매졌다. 다시 하얘질 수 있겠지?

그리고 나, 성당 다닌다. 군대에 오기까지 8년? 햇수로 9년 만인가? 처음 가는 것 같은 기분이야. 여기선 성당 가면 초코파이랑 콜라 준다. 밖에서는 있어도 안 먹었는데 진짜 맛있다. 다른 애들도 마찬가지일 텐데, 초코파이 한 개에 목숨 걸 때 보면 좀 한심해. 난 안 그런다. 진짜 끝까지 체통을 지킨다.

지금 생각해 보니까 내가 은지 많이 부려먹었어. 해 준 게 하나도 없어서 미안하지만 뭐 별로 마음에 걸리진 않아. 오빠로서 해 줄 말은 공부 열심히 하란 말밖에 없다. 은지가 남자라면 알아듣겠지만…

아들의 편지 4

오빠다. 편지 보니까 잘 지내는 것 같다. 기타를 연습한다고? 열심히 해라. 그 대신 축제 끝나면 공부하기다.

나는 이제 힘든 훈련은 다 끝났어. 다음 1주만 남았는데, 이제는 여기가 집 같다. 하나, 싫은 건 비가 많이 오는 거. 나 비 오는 거 싫어하잖아. 집에도 비 많이 왔는지 모르겠다. 여기는 비가 엄청 왔어.

오늘, 일요일이야. 일요일은 특히 배가 부른 날이야. 분위기 보니까 이따 밤에 또 수박이 나올 것 같다. 부러우면 너도 군대 와.

지금 내 머릿속은 화장실 갈 생각으로 꽉 차 있어. 별로 은지 보고 싶지도 않고. 머리가 점점 둔해진다. 빨리 화장실 가야 하는데 편지 쓰느라 못 가고 있다.

집에 아무 일 없는 것 같아서 다행이다. 다음 편지는 부천에서 보내게 될 거야. 오빠 여기서 다음 주에 부천으로 옮겨 가는 거 알지? 이만 쓴다. 화장실 가야겠다.

1999. 8. 1.

아들의 편지 5

부모님께!

자대에 와서 첫 편지예요. 아직 대기 기간이고, 2주 동안은 병아리 마크 달고 살아요,라고 알고 있어요. 고참들이 매점에도 계속 데려가고 해서 아직은(?) 편해요. ○사단 훈련소가 다른 데에 비해 힘든지 쉬운지는 몰라도 신병 훈련을 끝냈다는 게 뿌듯해요.

전화할 때 얘기했었지만 여기는 ○○○여단이에요. 훈련소 퇴소하고 처음에는 여단 본부에서 하루 대기했는데, 여단 본부에서 전산병으로 남을 뻔하다가 적수가 나타나서 잘리고 여기로 왔어요. 그땐 좀 아쉬웠지만 여기 분위기가 좋아요. 진짜로 잘 지내요.

자대에는 훈련소 동기가 같이 왔어요. 같은 소대였는데(같은 방에서 지냈다는 뜻) 여기서도 같은 소대가 될 것 같아요. 잘 됐죠? 지금도 서로 의지가 많이 돼요. 들리는 소문에 의하면 우리 들어갈 소대의 막내가 곧 상병이 된대요. 고참 기간이 길다는 소리예요. 아빠는 잘 아시겠죠?

일요일이라 아까는 성당엘 갔었는데, 영내에 있는 성당엘 갔었어요. 거기 신부님이 군종 신부님이셨다고 냉

면도 사주셨어요. 돌아와선 농구하고, 이발하고, 매점에
도 계속 가고. 오늘은 그렇게 지냈어요.
　편지지는 집에다 쓰라고 여기서 준 것. 그만 쓸게요.
담에 전화나 편지 드릴게요. 건강히…

1999. 8. 8.

아들 ○ ○ 올림

아들의 편지 6

　편지 또 쓰네요. 자꾸 집에다 편지 쓰라고 해서 또 써요. 오늘은 8월 10일 화요일. 아직도 소대 배치를 받지 않았어요. 어제, 오늘, 내일은 주임 원사님 교육이라고 해서 1대대로 온 동기 5명이 모여서 교육받고 있어요. 편지도 교육 과정 중 하나.

　어제 병아리 마크 달았는데, 100일 휴가 나갈 때까지 달고 산대요. 병아리라니, 삐약!

　여기가 해안 경비대대라고 했잖아요? 10월 중에 해안 들어간대요. 3개월 나와 있다가 6개월 들어가고. 그런 식이에요. 일병 휴가가 12월 중에 있는데 해안에 있어도 휴가는 다 보내 준대요.

　여기는 사람이 적어서 밥맛도 더 있고, 자유 배식이라 저는 살판났죠. 훈련소에서는 수박 먹을 때 9명이 반통에 붙어서 숟가락으로 파먹곤 했는데, 여기서는 칼로 잘라서… 배터져서 다 못 먹어요. 먹는 건 군대가 집보다 빠방한 것 같아요. 진짜 헛소리만 계속 했네요. 그만 쓸게요. 건강히…

1999. 8. 10.

아득한 거리를 허무는 사랑의 탯줄
— 구순희 시집 『군사 우편』에 부쳐

송 용 구(시인 · 문학평론가)

구순희 시집 『군사 우편』은 특별하다. 이별 앞에서는
대책 없는 것이 인간인데, 이러한 상실감의 편린을 한데
모아 군과 민의 통로가 되게 한 『군사 우편』에 특별한 문
학적 가치를 부여하고 싶다. 책갈피를 열어 보았을 때
드러나는 의미는 여과 없이 독자의 가슴으로 스며들어
피와 살이 된다.

『군사 우편』에 실린 모든 시를 단 한 편의 시로 응결시
킨 후, 이 한 편의 시를 다시 한 권의 새로운 책에 비유
할 때, 필자가 내릴 수 있는 결론은 바로 이것이었다.

이 시집은 군대라는 특수한 공간 속에서 청춘의 가장
소중한 시절을 기계 부품처럼 저당잡혀 버린 이 땅의 수
많은 젊은이들과, 그들을 사지로 보낸 것 같은 불안 속
에서 가슴 조이는 수많은 어머니들의 가슴에 정서적 공
감의 봇물을 터뜨릴 수 있는 직격탄이라고 해도 과언이
아니다.

군대와 가정 사이의 거리는 결코 가깝다고 할 수 없

다. 물리적 거리는 먼 거리가 아닐지라도, 군대는 일반
사회로부터 차단되고 폐쇄된 사회라는 점에서 군대와
가정 사이의 심리적 거리는 결코 가까울 수 없는 것이
다.

　아들의 얼굴을 매일같이 보고 싶어도 만남의 자유를
제한받는 현실, 처음 아들을 낳았을 때의 벅찬 감격을
떠올리며 아들의 몸을 끌어안고 싶어도 그의 체취조차
느낄 수 없게 만드는 철책이 어머니의 마음을 막아서고
있다.

　구순희의 『군사 우편』은 군대와 가정이라는 매우 이질
적인 양쪽 세계 사이에 팽팽히 흐르는 극단적 긴장감 속
으로 독자의 의식을 흡수하고 있다. 마치 거미줄에 걸린
생물체를 거침없이 빨아들이는 거미의 흡반처럼, 시인
이 스스로 가정과 군대 사이에 이어 놓은 사랑의 탯줄은
양자의 심리적 거리가 멀게 느껴질수록 독자와의 동병
상련을 더욱 강하게 흡인하고 있다.

　시인은 가정이라는 세계를 상상의 공간 속으로 끌어들
여 자신의 태반으로 변용시킨다. 그 모태에서 아들에게
로 흘러가는 사랑의 탯줄은 자유와 구속, 따뜻함과 비정
함, 평안과 불안, 가정과 군대라는 극단적 대립의 세계
를 용해시켜 양쪽의 심리적 거리를 허물어 버린다.

　구순희의 『군사 우편』에서 여실히 느낄 수 있는 것은
모태에서 흘러나오는 사랑의 절실함이다. 시인은 아들
의 자유를 구속한 세계에 독자가 느끼는 것보다 더욱 큰

심리적 거리감을 느끼고 있는 까닭에, 그 거리감을 허물
고 아들과 다시금 일체감을 공유하기 위하여 본능적으
로 몸부림친다.

　이러한 모성의 본능에서 우러나온 행위가 구체적으로
묘사될수록 독자들은 모태와 바깥, 가정과 군대 사이에
형성된 심리적 거리를 점점 더 선명하게 인식하게 된다.

　　겉장 뜯어 내고 속을 보니
　　빈 방 남겨 두고
　　몸만 달랑 빠져나간 널 닮았다
　　햇볕에 따갑게 말라 가는 지난 시간들
　　아뿔싸, 얼룩이 졌구나
　　여기저기 아무도 몰래 흘렸을 눈물이
　　말라붙어 있구나
　　지니기는 말 한 마디에도
　　금방 눈물 그렁그렁 고개 떨구곤 하더니
　　숨어서 몰래 베갯잇 적시다 못해
　　깔고 자는 요까지 적셨구나
　　눈물을 조금씩 감추었다가
　　잠자리에서 다 흘렸구나
　　　　　　　　　－「남자도 잠자리에서 운다」 중에서

　'속'이 없는 '요'의 '겉장'처럼 아들의 빈 방은 분신과 같
은 아들을 멀리 떠나 보내고 영혼의 반불구가 되어 버린
어머니의 허전한 마음이다.　허전하다 못해 영혼을 가누

지 못하는 어머니의 절뚝거리는 마음이라고 해야 온당
할 것이다.

아들과 분리되어 있다는 의식을 단 한 번도 가져 본 적
없는 시인은 아들과의 헤어짐을 매우 충격적 사연으로
받아들인다. 스스로도 부인하고 싶을 만큼 아들과의 분
리를 경험하는 것이 시인에겐 절대적으로 낯선 사건인
것이다.

혈육과 단절되어 있다는 상실감을 극복하기 위해 시적
자아는 빈 방에 묻어 있는 아들의 체취와 '눈물'을 하나
하나 어루만진다. 이것은 의식 세계 내부에서 형성된 심
리적 거리감을 무의식의 보이지 않는 세계 속에서 해소
하려는 시적 자아의 본능적인 몸부림이다.

그토록 갖고 싶던 서재가 생겼다
주인 허락도 없이 마음대로 들어와
책 읽고 음악 듣고 자기도 한다
알곡 추수한 시편들
몇 번씩이나 다 날려 보내고
손도 대지 않던 컴퓨터와 다시 논다
열어 놓은 창으로 그리운 얼굴 같은
북한산 인수봉을 눈으로 오른다

13층 꼭대기 방으로
해와 달과 별이 쏟아져 들어온다

— 「서재」 중에서

시인은 아들이 없는 빈 방을 서재로 삼아 밤새도록 아들의 숨결과 미소를 마치 책을 읽듯 정성스럽게 읽어 간다. 가슴에 새겨지는 시구처럼 아들의 숨결과 미소는 '해와 달과 별'이 되어 어머니의 허전한 마음속으로 '쏟아져 들어'와 일용할 양식이 된다.

아들을 향한 그리움은 의식 세계를 초월하여 무의식의 세계로까지 지평을 열어 놓고 있다. 그런 까닭에 시적 자아는 마치 아들과 한 방에서 함께 책을 읽는 것처럼 아들의 전존재를 읽어 가고 있는 것이다.

아들과의 단절을 극복하려는 본능적 행위가 무의식의 세계로 상승할수록 의식 세계 속에 거주하고 있는 독자들은 오히려 어머니와 아들 사이에 형성된 심리적 거리감을 더욱 여실히 감지하게 된다. 더욱더 팽팽한 긴장감을 형성하는 그 심리적 거리를 향해 독자들은 안쓰러운 동병상련의 눈길을 던질 수밖에 없다. 이것이 구순희 시집 『군사 우편』의 매력이다.

단절과 분리를 거부하는 조건반사적 저항의 열기가 식고, 시적 자아는 다시금 의식 세계 속에서 현실을 직시한다. 시인은 이제 주관적 자아의 눈길이 아닌, 객관적 자아의 눈길을 갖게 된 것이다.

제도적 장치에 의해 인위적으로 형성되어 버린 아들과의 심리적 거리감을 인정하지 않을 수 없는 이성적 인식을 통해서 비로소 시인과 독자는 한몸, 한마음이 된다. 시인의 집 밖에서 동병상련의 애처로운 눈길만을 던지

던 독자는 이 시점에서부터 시인의 상실감을 자신의 상
실감으로 받아들이며, 스스로 시적 자아가 된다.

주인을 잃어버린 방
유배지로 떠난 것도 아닌데
한여름에도 냉기가 돈다
언젠가는 돌아오겠지만
한참이나 혼자 있어야 할 방
손때 묻은 벽지며 책상
육신을 통째로 받아 주던 방바닥이며
그 옆에 나란히 누운 먼지며
어쩌다 침입한 날파리와 개미
창 밖의 구름과 비와 천둥도
다 버리고 떠나 버렸다
날마다 흘러나오던 음악도
더 이상 귀를 어지럽히지 않는다
겨울 옷이 가득한 옷장은 입다물고
한여름 옷도 얼마 못 가 버림받았다
밤 늦어 미안한 듯 문 여닫던 방
아무 때나 들어오라고 열어 놓아도
이젠 아무도 들어가지 않는다

─「빈 방 있습니다」 전문

가슴 전체를 잃어버린 듯한 허전함이 뼛속 깊이 스며
드는 작품이다. '빈 방', 버림받은 '한여름 옷', 소리나지 않는 음악 등은 아들로부터 멀리 떨어져 있는 어머니의 구멍 숭숭한 가슴을 열어 보여 주는 객관적 상관물이다.

이 모든 것은 아들로부터 버림받은 친구들인 동시에, 아들로부터 강제적으로 유폐된 어머니의 가슴이자 이 시를 읽는 모든 독자들의 상실감을 대변해 주는 대리자들이다.

단절의 시공간에 저항하던 본능적 몸짓에서 탈피하여 단절을 단절 그 자체로, 상실을 상실 그 자체로 받아들이는 이성적 단계로 걸음을 바꾸면서부터 『군사 우편』에 나타난 어머니와 아들 사이의 심리적 거리감은 오히려 좁혀지는 아이러니를 낳게 된다.

『군사 우편』이 지닌 진정한 문학적 가치는 여기에 있다. 아들에 대한 상실감을 스스로 인정하고, 심리적 거리감을 인식하는 데서 출발한다. 이성적 작용으로 시적 자아는 아들에 대한 본능적 집착에서 벗어나 모성 본연의 사랑을 실현하게 된 것이다.

아들과 떨어져 있다는 심리적 거리에 대한 인식으로 인하여 시적 자아는 오히려 아들이 구속된 공간에서 경험하고 있을 고통의 깊이를 헤아리게 되며, 아들의 어깨에서 고통의 짐이 가벼워지길 바라거나, 혹은 고통을 통해 아들이 정신적으로 성숙해지길 간절히 소망하게 된다.

시인의 가정에서 흘러나오는, 아니 아들 없는 '빈 방'에서 흘러나오는 모성의 탯줄이 마침내 자아의 울타리

를 벗어남으로써 심리적 거리감을 허물고, 아들의 고통
을 감싸안으려는 무조건적 사랑을 낳은 것이다.

　어머니와 아들 사이를 가로막는 은하의 물결, 그 아득
한 거리를 초월시켜 주는 오작교와 같은 것이 있다면,
그것은 인고의 손길로 아들의 고통을 어루만져 주는 어
머니의 마음일 것이다. 어머니의 사랑이 언제까지나 아
들의 가슴에 흘러가 닿기를 기도하는 희원의 돛배일 것
이다.